NOTICE

SUR LA VIE ET LES OUVRAGES

De M. Jacques Berriat Saint-Prix,

PROFESSEUR DE PROCÉDURE CIVILE ET DE LÉGISLATION CRIMINELLE, A L'ÉCOLE DE DROIT DE PARIS,

Membre résident de l'Académie des sciences morales et politiques,
membre correspondant et ancien président de l'académie delphinale,
membre résident ou correspondant de plusieurs sociétés savantes à Paris, Versailles,
Caen et Dijon ;

DÉCÉDÉ A PARIS LE 4 OCTOBRE 1845,

Lue à l'Académie delphinale de Grenoble, le 29 janvier 1847,

PAR M. DUCHESNE,

membre de cette société.

GRENOBLE,

IMPRIMERIE DE C.-P. BARATIER.

—

1847.

NOTICE

LA VIE ET LES OUVRAGES

De M. Jacques Berriat Saint-Prix,

PAR M. DUCHESNE,
membre de cette société.

ι❮❍❯ι

MESSIEURS,

En apprenant la mort de M. Berriat Saint-Prix, un des doyens et des plus anciens présidents de cette Académie, vous m'avez chargé de vous rappeler tous ses titres à votre estime et à vos regrets.

J'ai beaucoup tardé à acquitter votre dette et la mienne; et je me le reprocherais, pour vous comme pour moi, si ce retard n'était justifié par la nature et par les difficultés du travail que vous avez bien voulu me confier.

M. Berriat Saint-Prix a été professeur et jurisconsulte; économiste et agriculteur; historien et antiquaire; littérateur et académicien; éditeur et commentateur de Boileau! Et à l'appui de ce grand nombre de titres scientifiques ou littéraires, M. Berriat

Saint-Prix, dans le cours d'une carrière de 76 ans, (la plus occupée, la mieux remplie, la plus laborieuse que je connaisse), a publié de 95 à 100 ouvrages plus ou moins considérables, dont 65 reposent déjà sur les rayons de la bibliothèque de Grenoble : il a laissé en outre plusieurs manuscrits importants, dont le sujet m'a été indiqué par sa famille.

Ai..si, vous voyez quelle fut la vie de cabinet de notre honorable confrère, et quelle a été ma tâche à moi-même, au milieu de tant de productions diverses qu'il a fallu classer et analyser, pour vous en offrir le résumé.

Cette tâche, Messieurs, m'a été cependant plus douce que pénible : en parcourant les nombreux ouvrages de **M. Berriat Saint-Prix**, j'ai complété, je puis le dire, peut-être même commencé plusieurs parties de mon instruction : j'ai appris de lui beaucoup de choses que j'ignorais, ou que je savais mal; et j'ai même appris de lui davantage ! Dans chacune de ses œuvres *interfoliées* et remplies de notes à la main, j'ai appris à étudier et à ne rien oublier; et lorsque j'ai vu qu'à 76 ans, la veille presque de sa mort, il se livrait toujours à de nouvelles et difficiles recherches, j'ai compris que la science et la littérature peuvent inspirer la noble ambition de César, *nihil actum reputans, si quid superesset agendum.*

Je dois encore le dire, s'il en eût été besoin, **M. Berriat Saint-Prix** m'aurait appris aussi à aimer la France et le Dauphiné. Chaque fois qu'il en a trouvé

l'occasion, il a célébré les gloires judiciaires, littéraires, scientifiques et militaires de la reine des
nations modernes; et son culte pour le Dauphiné a
été presque religieux : *quatre-vingt-trois de ses écrits*
ont été consacrés, au moins en partie, à décrire la
belle végétation et les sites pittoresques de cette contrée; à parler de son agriculture, de ses productions,
de son industrie; à faire connaître son ancienne législation et les fragments les plus ignorés de son histoire; à peindre ses vieilles mœurs; à expliquer, à
corriger nos Chorier, nos Valbonnais; à commenter nos manuscrits, nos légendes, nos chroniques
du moyen âge.

J'ai donc dû me plaire à esquisser les principaux
traits de son tableau : heureux s'ils sont fidèles, s'ils
peuvent servir à faire honorer en lui le professeur, le
savant, le littérateur, le bon citoyen, et l'homme de
bien!

Né à Grenoble, le 12 septembre 1769, M. Jacques
Berriat Saint-Prix, fils de M. Berriat, procureur au
bailliage, y fit ses études dans le collège des Joséphis-
tes, et les fit avec succès, surtout dans les classes su-
périeures.

Sorti fort jeune du collège, il étudia encore le droit
à Grenoble sous un habile professeur, M. Pal, dont,
quelques années après, il est devenu le collègue à l'é-
cole de droit de cette ville.

Il alla ensuite se faire recevoir avocat à Orange; et
il a raconté fort plaisamment dans un de ses ouvrages intitulé, *de l'Enseignement du droit*, quel était le

ridicule des examens et des thèses soutenues alors dans cette université (vraiment *célèbre* par sa décadence), où les douze inscriptions se prenaient *per saltum*, c'est-à-dire en vingt-quatre heures, où la chose la plus difficile à apprendre, c'était le nombre et la forme des *salutations* à faire aux professeurs !

Lorsque la république créa les écoles centrales, M. Berriat Saint-Prix, à peine âgé de 27 ans, obtint dans celle de l'Isère la chaire de législation ; et il commença dès cette époque sa carrière de professorat qu'il a continuée jusqu'à sa mort, pendant près de 49 ans, avec une véritable distinction.

En 1805, lors de l'organisation de l'école de droit de Grenoble, il y fut nommé professeur de procédure civile et de législation criminelle ; et, chose honorable pour lui, ce fut sur la demande collective de la cour d'appel, de la cour criminelle et du tribunal de première instance, que cette chaire lui fut confiée.

Il ne tarda pas à prouver qu'il était digne à tous égards de l'occuper, et qu'il possédait au même degré deux choses essentielles pour un professeur : l'art de l'enseignement proprement dit, et l'art non moins difficile de se faire aimer et respecter de ses élèves.

Ses cours imprimés de procédure civile et de droit criminel ont obtenu les honneurs de six et de quatre éditions : l'un et l'autre ont même été traduits plusieurs fois en italien et en allemand, et réimprimés en Belgique : enfin, leur juste renommée a fait appeler

M. Berriat Saint-Prix, dès l'année 1819, à l'une des chaires de procédure civile et de droit criminel de l'école de droit de Paris.

J'ai dit que l'habile professeur savait aussi se faire respecter de ses élèves : c'est que rien ne pouvait le déterminer à faire fléchir l'inflexible règle; c'est que chez lui la fermeté, la justice, s'alliaient à la bonté. Un jour (et chose remarquable, c'était sous la restauration), le fils d'un ministre voulut obtenir de lui, sur la demande même de son père, d'être dispensé de répondre aux appels de son cours! M. Berriat Saint-Prix lui répondit : « Votre père est ministre de » l'intérieur et, comme tel, chargé de l'instruction » publique : il peut nous donner un nouveau règle- » ment qui supprime les appels : je ferai alors ce » qu'il désire! »

Juste, mais bon, M. Berriat Saint-Prix devait être aimé de ses élèves autant qu'il en était respecté; et sans avoir besoin d'invoquer ici les souvenirs de ceux d'entre vous qui ont suivi ses cours, permettez-moi, Messieurs, de vous en donner un témoignage certain et touchant.

Dans les premiers jours de 1840, M. Berriat Saint-Prix a vu s'ouvrir pour lui les portes d'un noble sanctuaire, de l'Académie des sciences morales et politiques; et sa nomination a été d'autant plus honorable, que, malgré le grand nombre des concurrents, elle a eu lieu à une immense majorité.

Mais cette concurrence avait provoqué dans quelques journaux scientifiques des discussions pénibles pour un vieillard, pour un savant, qui, quoique modeste, avait le sentiment intime de l'étendue, de la variété de son savoir, et de qui l'on avait osé dire, qu'il était *un praticien pur sang*, *un esprit médiocre*, qu'il avait *une intelligence bornée*, qu'il serait dans l'Académie, *le représentant de la procédure!* comme si dans le champ clos de la science et de la littérature, Messieurs, on pouvait ainsi recourir à des armes empoisonnées!

Une première réparation avait été accordée au savant par le choix presque unanime de l'Académie : voici de quelle manière la seconde, et la plus douce peut-être, fut décernée *au représentant de la procédure!*

Le lendemain de sa nomination, M. Berriat Saint-Prix venait de monter dans sa chaire d'enseignement : il la vit entourée d'une foule plus compacte que jamais; et trois salves d'applaudissements nombreux, presque *frénétiques* (suivant ce qui fut imprimé à cette époque.), vinrent apprendre au professeur surpris et ému, que si la jeunesse des écoles est souvent légère, elle est toujours juste, généreuse et reconnaissante !!

Messieurs, je crois avoir achevé de vous peindre le professeur : occupons-nous maintenant de l'écrivain, de l'antiquaire, du littérateur, de celui qui a été successivement membre titulaire et correspondant des académies et sociétés savantes de Grenoble, Dijon, Caen et Versailles, de la Société académique des sciences à Paris, de celle des antiquaires de France, qui a fini, comme vous l'avez vu, par entrer à l'Académie des sciences morales et politiques, qui enfin, pendant plus de vingt ans, a entretenu de nombreuses correspondances avec les savants de la France et de l'étranger.

Je vous ai dit que M. Berriat Saint-Prix avait publié de 95 à 100 ouvrages différents : en décomposant ce chiffre, en trouve qu'il en a lu 17 à l'Académie de Grenoble, 14 à la Société des antiquaires de France, et 11 à l'Académie des sciences morales et politiques.

Vous pouvez juger, d'après cela, avec quel zèle il remplissait ses devoirs d'Académicien : en voici une dernière preuve.

Huit jours avant sa mort, le samedi 27 septembre 1845, étant déjà gravement malade, pouvant à peine marcher, il se traîna péniblement à sa chère Académie des sciences morales et politiques, pour y lire un rapport dont il avait été chargé ; et non content de cet effort de courage qui avait étonné tous ses confrères, tourmentés, inquiets de le voir pâlir et s'affaiblir pendant sa lecture, il avait résolu d'y retourner le samedi suivant soutenu par un de ses fils ! Mais le samedi 4 octobre, à trois heures du matin, il avait cessé de souffrir !

Vous savez donc, Messieurs, qu'il a beaucoup travaillé, beaucoup écrit : il me reste à vous indiquer sur quels sujets cette plume facile s'est exercée, et de quelle manière elle les a traités.

Pour me conformer à une classification par ordre de matières, que Fontenelle a quelquefois adoptée dans ses éloges, et qui ici est bien préférable à l'ordre chronologique, que je crois même indispensable, voyons d'abord ce qu'a fait le professeur, le jurisconsulte.

A côté de ses cours de procédure civile et de droit criminel, dont j'ai déjà constaté le succès presque européen, il convient de placer en première ligne son *Histoire du Droit romain*, ouvrage important, où l'on retrouve, a dit un critique éclairé, M. Taillandier, « toutes les qualités et tous les défauts de
» l'auteur, une érudition vaste, des recherches mi-
» nutieuses, une méthode (celle des *notes* étendues et
» multipliées) qui, en empêchant la confusion des
» matières, offre l'inconvénient de détourner sans
» cesse le lecteur de l'objet principal du livre. »

Pour l'explication de ces notes nombreuses reprochées à M. Berriat Saint-Prix, et que j'ai retrouvées dans tous ses ouvrages, je dois dire que telle a été la méthode de beaucoup de bons auteurs, de Bayle dans son *Dictionnaire*, de d'Alembert dans ses *Eloges académiques*.

J'ajoute que nulle part on n'a mieux expliqué que dans cet ouvrage les sources du droit romain, depuis le *Digeste* jusqu'aux *Basiliques;* que jamais on n'a mieux parlé des Papinien, des Paul, des Ulpien, des Tribonien, et que la traduction de cet ouvrage en italien est un juste hommage rendu à l'un des meilleurs historiens du droit romain.

Nous avons donc à regretter que M. Berriat Saint-Prix ait conservé en manuscrit son *Histoire du droit français*, dont le plan, tel qu'il l'a indiqué dans ses notes de l'histoire du droit romain, promettait à la science un bon ouvrage de plus.

Son *Histoire de Cujas* a aussi obtenu en Allemagne les honneurs de la traduction, et ce pays se connaît plus qu'aucun autre en professeurs, en jurisconsultes du droit romain : s'il a voulu avoir ce portrait de Cujas, c'est qu'il l'a trouvé ressemblant.

Au reste, grâce à la variété et aux détails piquants que M. Berriat Saint-Prix a su y introduire, cette histoire de Cujas et les trois ou quatre opuscules qui en forment l'appendice, peuvent intéresser au même degré l'homme du monde, le savant et le jurisconsulte. De curieuses questions y sont agitées; celles de savoir, par exemple, si Cujas, *ce puits de science*, aurait réellement été jugé incapable d'occuper une chaire de droit à Toulouse, lieu de sa naissance, et si décidément *nul ne peut être prophète dans son pays!* si Cujas se serait approprié par des moyens peu délicats (et de complicité avec le célèbre publiciste Pithou), quelques fragments des *Basiliques*, et différents manuscrits de la bibliothèque de Bourges! si enfin le *grave* Cujas se serait rendu coupable du rapt de la religieuse *Augustine*, etc., etc.

Aussi M. de Savigny, professeur de droit distingué à Berlin, a-t-il dit, en rendant compte de cette vie de Cujas (et après en avoir fait un juste éloge),

« que M. Berriat Saint-Prix devrait écrire l'histoire
» de tous les jurisconsultes français du moyen
» âge, qu'il rendrait par là à la science un véri-
» table service. »

A ceux encore qui cherchent moins à s'instruire
qu'à s'amuser, au récit de certaines coutumes du
moyen âge, je conseillerai la lecture de quatre dis-
sertations de notre auteur, 1° *sur la Législation criminelle et de police de l'ancien Dauphiné*; 2° *sur un
Statut du parlement de Toulouse de 1197*; 3° *sur une
prétendue loi des* XII *Tables*; 4° *sur l'usage que les
Romains avaient fait du divorce et de l'adoption.*

Avant de les avoir lues, je ne soupçonnais pas, je
l'avoue, qu'en Dauphiné, une législation *à la turque*
eût jamais condamné certains voleurs à l'*amputation*
d'une oreille! Que dans le Languedoc, et même en
1197, un créancier eût lui-même le droit d'appré-
hender au corps son débiteur, et de le tenir chez lui,
dans un cachot, *chargé de fers, nourri au pain et à
l'eau!* Que des jurisconsultes eussent agité sérieuse-
ment la question, de savoir si une loi des XII Tables
autorisait réellement des créanciers *à tuer leur débiteur, et à se partager les lambeaux de sa chair, dans
la proportion de leurs créances!* Que chez les Romains
des dernières années de la république, l'abus du
divorce eût été déjà poussé de l'odieux au ridicule,
et que le sage Caton lui-même eût répudié sa femme
pauvre, pour la reprendre quelque temps après, en-
richie par un héritage!

Je dirai ensuite au magistrat, à l'avocat : lisez et

méditez tout ce que M. Berriat Saint-Prix a écrit : 1° *sur le serment judiciaire*, et qui a été traduit en italien; 2° *sur la suspension de la prescription en faveur des mineurs* et que la presse des Etats-Unis s'est approprié; 3° *sur la révocation des donations par survenance d'enfants;* 4° *sur les nullités de procédure;* 5° *sur la législation relative aux ventes du mobilier des mineurs;* et vous reconnaîtrez, peut-être, avec lui et avec moi :

1° que le serment judiciaire n'est plus qu'un levier impuissant entre les mains du législateur;

2° Que, dans l'intérêt général de la société, il faudrait faire courir la prescription trentenaire contre les mineurs, sauf leur recours contre leurs tuteurs;

3° Que la survenance d'enfants ne doit pas entraîner la révocation des donations;

4° Que dans notre législation, et quoi qu'en ait dit Montesquieu, la forme emporte trop souvent le fond;

5° Que l'on devrait simplifier les préliminaires obligés à la vente des biens de mineurs.

Messieurs, la manière, la nature du talent de M. Berriat Saint-Prix le porte presque toujours à appuyer son opinion sur des faits singuliers et piquants : il a donc profité de l'occasion, pour en rappeler dans ses notes un assez grand nombre, dont je crois devoir extraire les suivants :

Nous avons prêté en France *treize* serments politiques, dont il fait la fidèle et curieuse énumération!

Quelle différence entre la froide et sèche simplicité de notre serment, et la redoutable solennité de celui prêté par les Juifs!

Dans l'affaire du *Carlo Alberto*, un des témoins assignés a naïvement déclaré qu'il ne pouvait pas jurer de parler *sans crainte!*

En haine de leurs donations, plusieurs vieillards de 80 ans ont épousé des filles *d'esprit* de vingt ans; et avant l'expiration de l'année, les donations se sont trouvées révoquées!

Les Jésuites, lors du fameux procès Lavalette, furent cruellement punis de la définition *mal-sonnante* que, dans leur dictionnaire de Trévoux, ils avaient donnée au mot *appointement :* à cause même de cette définition, plus ou moins injurieuse pour la magistrature, le procès ne fut pas *appointé*, et, comme chacun sait, il fut perdu!

Enfin, l'empereur, lors de son entrée à Grenoble, en 1815, au milieu de toutes les préoccupations politiques et militaires dont il devait être assiégé, ne dédaigna pas de discuter avec M. Berriat Saint-Prix plusieurs questions de procédure, et il étonna toute l'école de droit, présente à cet entretien, par la sagacité, la justesse de ses idées.

J'ai hâte, Messieurs, d'en finir avec le droit et la procédure, non que j'aie tout dit, à beaucoup près, puisqu'il me resterait à analyser encore quinze à vingt autres sujets traités par M. Berriat Saint-Prix, et en particulier, 1° sa *Notice sur les œuvres de Cochin* auquel, chose étonnante, il refuse de l'éloquence; 2° *son Parallèle entre le cher Cujas et Domat* auxquels il n'accorde, bien entendu, que le second rang; 3° *son Tableau comparatif de la criminalité dans le* XVI° *et dans le* XIX° *siècle;* 4° *ses Observations sur la tenue des actes de l'état civil, chez les Romains;* 5° *celles sur les divers modes de publication des lois, avant le Code;* 6° *ses Réflexions sur les citations d'Homère et de Platon dans les lois romaines;* 7° *ses Remarques sur l'origine de l'institution du ministère public;* 8° *son Résumé de la législation de l'Auvergne;* 9° *ses Idées sur la prescription* à quo; 10° enfin, *ses recherches sur l'état intellectuel et moral des accusés;* toutes matières dans lesquelles il a fait preuve d'un grand savoir et d'une critique éclairée, mêlés toujours à ces anecdotes dont sa mémoire abonde : mais le droit et la procédure ne doivent pas, *malgré leur atticisme incontesté,* me faire oublier les autres productions de notre laborieux confrère.

J'arrive à celles où il a traité diverses questions d'économie politique ou d'agriculture ; et en me bornant à l'énumération des plus anciennes et des moins importantes, qui cependant intéressaient spécialement Grenoble, le département de l'Isère et le Dauphiné, je vous citerai ses mémoires, 1° *sur la filature à froid de la soie;* 2° *sur le peignage du chanvre;* 3° *sur le plâtre considéré comme engrais;* 4° *sur l'emploi de l'engrais tiré des latrines;* 5° *sur les progrès de la population dans l'Isère,* ouvrages de sa jeunesse, où l'esprit

d'observation et le désir d'être utile sont déjà forte-
ment empreints.

Viennent ensuite, 1° *un Discours sur l'économie politique*, dans lequel, au défaut d'idées neuves, on remarque un bon plan, une grande clarté, et de vastes
recherches; 2° *un Annuaire statistique du département
de l'Isère*, pour les années IX, X, XI et XII, ainsi qu'*u-
ne Notice sur diverses contrées de l'Isère*, travail consciencieux d'un esprit méthodique, qui ne néglige aucun détail, qui pécherait plutôt par l'excès de l'exactitude.

Après quoi, on peut annoter encore comme dignes
de remarque : 1° *un travail sur le rapport entre les
enfants naturels et les enfants reconnus et légitimés
par mariage subséquent;* 2° *l'exposé du mode de cul-
ture établi dans une partie du royaume de Naples,
qu'on appelle l'Echiquier de la Pouille.*

Il me reste maintenant, sur cette matière, à vous
faire connaître avec quelques détails, Messieurs, les
deux œuvres les plus remarquables de M. Berriat
Saint-Prix.

La première est *un Mémoire sur le remboursement
des rentes*, qui a été publié en 1837, qui a eu par
conséquent à cette époque un grand intérêt d'actua-
lité, qui a été lu par l'auteur à l'Académie des sciences morales et politiques, et qui a puissamment con-
tribué à lui en ouvrir les portes.

On y établit fort doctement que, dans tous les emprunts royaux contractés sous Louis XII, François I,
Henri II, Charles IX et Henri III, l'Etat, qui em-

pruntait à de gros intérêts, au denier 12 ou au denier 10, avait stipulé la clause expresse du rachat; que, sous Henri IV, quelques villes, quelques prêteurs se refusèrent bien ensuite au rachat, mais sans en contester la légalité.

Et comme les recherches de M. Berriat Saint-Prix ont toujours un côté original, font toujours réfléchir, d'après lui, dans ce bon temps du moyen âge, quand le roi avait besoin d'emprunter, *pour lui venir en aide*, il était souvent défendu aux notaires de recevoir aucun contrat de prêt entre particuliers, avant que les emprunts royaux n'eussent été remplis !

La chronique, il est vrai, dit notre auteur, *trouve cela fort étrange !* et la chronique a raison, ce me semble.

La seconde de ces œuvres est intitulée : *Recherches sur le paupérisme au* xvie *siècle* : elle a été composée, en 1843, pour l'Académie des sciences morales et politiques, et insérée dans ses mémoires.

Le paupérisme, Messieurs, ce ver rongeur de l'Angleterre, nous sommes disposés à le considérer comme une plante morbifère, mais exotique, qui n'a jamais pris racine chez nous. Eh bien, M. Berriat Saint-Prix, armé d'une foule de délibérations des consuls et échevins de Paris, Bourges, Salins et *Grenoble*, démontre, d'une manière irrécusable, qu'en France, au xvie siècle, chaque ville, chaque communauté renvoyait chez eux les pauvres étrangers à la ville, à la communauté; et que leurs habitants étaient obligés, *sous peine d'amende*, de fournir, soit à leurs propres pauvres, soit à ceux qui traversaient la contrée, un logement, du pain, quelquefois même de l'argent.

Et d'une série de faits du même genre, M. Berriat Saint-Prix a déduit les conséquences fort justes :

1° Que, puisqu'à cette époque, nous avions tous nos monastères, ce n'est pas à leur suppression sous Henri VIII qu'il faut attribuer, comme on l'a fait, le paupérisme de l'Angleterre ;

2° Que la France du xixe siècle est encore, sous le rapport du paupérisme et de la charité publique, mieux administrée, plus heureuse qu'au moyen âge.

Cette thèse d'économie politique, M. Berriat Saint-Prix l'avait déjà développée, dans son tableau comparatif de la criminalité au xvie et au xixe siècle; et nous la verrons se reproduire dans la plupart de ses recherches d'histoire et d'antiquités.

L'historien, l'antiquaire que j'ai maintenant à mettre en relations avec vous, a eu en effet le bon esprit de ne pas se montrer, outre mesure, *laudator temporis acti* : vous le verrez prouver très-bien que le moyen âge est *curieux*, mais que nous valons à peu près autant que nos bons aïeux, sous le rapport de la moralité, du bon goût, de la raison, voire même *de la bonne chère* !

Ainsi, *dans la description des repas de Humbert II, dernier dauphin* (tels que ce prince les avait arrêtés lui-même *par ordonnance*), nous lisons avec étonnement, et en nous rappelant ce vers de Boileau :

Jamais empoisonneur ne sut mieux son métier,

que, pour les dîners du lundi et du mercredi, *le mor-ceau de roi*, le plat *d'entremets* réservé au dauphin était un plat de *bonnes tripes cuites à l'eau*, escorté de *pieds de bœuf* et de *pois chiches ;* et que le dessert se composait exclusivement de fruits et de froma-ges !

Ainsi, dans les *recherches sur les procès faits dans le moyen âge aux animaux*, nous comptons de (1120 à 1741), plus de *quatre-vingts* condamnations *à mort* ou excommunications prononcées contre toute espèce d'animaux, depuis l'âne jusqu'à la sauterelle ! Nous y lisons qu'un avocat, qu'un défenseur avait été nommé aux rats de Paris ! Et nous y remarquons, 1° un ar-rêté des consuls et échevins de Grenoble, en 1543, qui demandent qu'on procède par voie d'excommu-nication contre les limaçons et les chenilles ; 2° une sentence du grand vicaire de Valence, en 1585, qui enjoint aux chenilles de déguerpir du diocèse !

Mais en revanche, nous lisons *dans la notice sur les poésies d'Astezan*, auteur inédit du xve siècle, que les Parisiennes de cette époque auraient pu ri-valiser avec celles d'aujourd'hui, d'après ce portrait vraiment séduisant :

Et miror innumeras formâ prestante puellas
Tam lascivo habitu cultas, adeoque facetas,
Ut Priamum aut veterem succendere Nestora possint !

Et une note déjà analysée du mémoire *sur le rem-boursement des rentes* renferme un éloge de la ville même de Paris, en 1605, dont je crois devoir vous donner une courte analyse, pour vous faire juger du style, de l'éloquence de François Miron, conseiller d'Etat de Henri IV.

» Paris, dit-il, est plus grande que Thèbes, plus
» docte qu'Athènes, plus riche que Carthage, plus
» *sainte* que Rome, plus noble que Naples, plus gen-
» tille que Vienne, plus forte que Troie, plus déli-
» cieuse que Tyr, plus florissante que Corinthe, etc.,
» etc.! »

Elle est la *source des bonnes* mœurs, la demeure des dieux, la montagne de Psyché, décrite par Apulée, etc.!

Voici encore qui fait sourire, Messieurs :

Un *mémoire sur l'ancienne législation, relative aux barbiers chirurgiens*, offre cela de piquant (en songeant aux Delpech, aux Petit, aux Dupuytren de notre époque, et à leur haute position sociale) qu'en 1637, le premier barbier chirurgien du Roi, en était réduit à demander le privilége de tenir *boutique ouverte*, et d'y appendre *un bassin!*

Et que de choses vraiment curieuses dans les faits que lui a révélés la délibération prise en 1535 par la ville de Grenoble, au sujet *d'un mystère de la passion de Jésus-Christ!*

Un spectacle qui dure quatre jours entiers, une pièce contenant 86 actes et 41,000 vers, un procureur général chargé de tous les détails de la fête, un curé jouant le rôle de Jésus-Christ, et descendu *à moitié mort* de la croix! Enfin, dans une œuvre presque religieuse, une licence, un cynisme de langage qui prouvent bien que nous n'avions pas encore l'art poétique de Boileau, et que les auteurs du temps ne se doutaient pas de la règle ,

Que le lecteur français veut être respecté !

Ce même Boileau avait peint, dans une de ses satyres, certaine noblesse de son temps ,

Qui bravait des sergents la timide cohorte !

Je serais tenté de croire que ce vers a inspiré à M. Berriat Saint-Prix, commentant, expliquant Boileau, *ses recherches sur les violences exercées jadis contre les huissiers et sergents.*

Quoi qu'il en soit, à ses yeux, l'ordonnance de 1667, rapprochée de toutes celles rendues par François Ier, Charles IX et Henri III, prouvent suffisamment l'énormité des violences que les gens de haut lieu, *prêtres et nobles,* se permettaient alors contre les huissiers; et il cite encore à l'appui de son opinion, le dire du gai Rabelais, affirmant dans un style un peu moins moderne, que de son temps « l'usage » des seigneurs était de jeter les huissiers par les fe- » nêtres de leurs châteaux. »

Jusqu'ici, Messieurs, je ne vous ai guère présenté que le côté plaisant des recherches historiques de M. Berriat Saint-Prix : j'ai maintenant à vous y indiquer ce qui instruit, ce qui fait réfléchir, ce qui démontre les progrès de notre civilisation, le développement de la raison publique.

Son rapport sur les bains et les antiquités d'Uriage est une description fort simple des lieux et des faits : mais on y retrouve la pensée qui domine chez lui, le désir de s'occuper du Dauphiné, de tout ce qu'il offre d'utile et de curieux.

Et cette pensée se reproduit dans *son histoire de l'ancienne université de Grenoble*, qui a compté parmi ses professeurs les Gribaldt, les Govéa, ceux même dont Cujas, soit à Bourges soit à Valence, redoutait le plus la concurrence; qui cependant, par une ordonnance de Charles IX, en 1560, a été réunie pour toujours à l'université de Valence, à cette université dont le professorat de Cujas a commencé et clos la célébrité !

La même pensée a dirigé encore la plume de M. Berriat Saint-Prix, quand il a tracé le récit des désordres qui suivirent l'entrée des protestants à Grenoble en 1562. Sans prononcer *entre Genève et Rome*, on ne peut pas s'empêcher de gémir sur les excès de tout genre auxquels ils se livrèrent, ayant à leur tête ce féroce baron des Adrets, qui, fidèle à ses précédents, faisait enjoindre à un avocat nommé Robert de s'absenter de la ville, *dans les vingt-quatre heures, sous peine d'être pendu et étranglé;* et dont cependant, deux siècles après, suivant une des nombreuses notes de l'auteur, l'archevêque de Paris, Christophe de Beaumont, aurait tenu à grand honneur de descendre !

Annibal à Carthage est une composition sage et allégorique, si je ne me trompe, qui, publiée à l'époque de la rupture de la paix d'Amiens, en 1802, semble plutôt respirer la haine d'une nation de mar chands, de l'Angleterre, que l'horreur de la foi punique.

Dans les recherches sur plusieurs lettres de François et Henri de Guise, et dans celles *sur une prétendue lettre de Sully au pape, relative à des démarches faites pour le ramener au catholicisme*, M. Berriat Saint-Prix s'est rappelé la maxime, *rien de trop;* et il a su rendre sa discussion intéressante, en démontrant que le *balafré* n'était pas tendre, que le sévère Sully savait être adroit courtisan!

Vous me permettrez un peu plus de détails, Messieurs, sur les deux dernières compositions historiques de notre auteur, qui sont *l'examen historique du tableau de Gérard, sur l'entrée d'Henri IV à Paris; et Jeanne-d'Arc, ou la France sous Charles VI et Charles VII.*

Dans la première de ces œuvres, après avoir proclamé la supériorité incontestable du tableau, après avoir reconnu que les peintres, comme les poëtes, ont, à quelques égards, leurs coudées franches sur la vérité historique, M. Berriat Saint-Prix a très-bien établi que la plupart des épisodes de ce tableau sont autant de fictions; que ni Gabrielle d'Estrée ni son amant Bellegarde n'auraient dû y figurer; que l'entrée d'Henri IV à Paris avait eu lieu de nuit et secrètement, non pas de jour et au son des trompettes, comme le peintre l'a supposé; et toutes ses preuves sont pleines d'un grand intérêt.

Ajoutons qu'on trouve dans ses notes de plaisants détails sur les *vingt-trois* maîtresses avouées de

Henri IV, sur ses projets de mariage avec la belle Gabrielle, sur les entretiens qu'il eut à ce sujet avec Sully, sur les 32 millions de l'époque (valant aujourd'hui 150 à 200 millions), que la reddition *volontaire* de Paris avait coûté au monarque *bien-aimé!*

Après avoir lu, on est bien tenté de pardonner à M. Berriat Saint-Prix le luxe de ses notes, sa disposition à parler *de omni re scibili!* Grâce à sa vaste mémoire, à son profond savoir, c'est un fleuve qui déborde, mais qui souvent fertilise !

J'arrive à Jeanne-d'Arc, Messieurs; et comme moi, sans doute, vous saurez gré à l'auteur d'avoir entrepris son éloge ou son histoire, peu importe, d'avoir publié quelques fragments de sa correspondance, surtout d'avoir scruté le mystère honteux de ses interrogatoires.

L'ouvrage de M. Berriat Saint-Prix sur Jeanne-d'Arc a été comparé, dans un journal grave, à l'histoire de cette héroïne, en quatre volumes, par M. Lebrun de Charmette; et la conclusion a été que le moins long des deux, celui de notre confrère, pouvait soutenir la comparaison avec avantage.

Pour ma part, j'y ai remarqué un tableau énergique et vrai de l'état déplorable de la France sous Charles VI, livrée qu'elle était alors aux coupables menées d'Isabelle, des ducs de Berri et d'Orléans, et de Jean sans peur.

J'y ai admiré le tableau de la présentation de Jeanne-d'Arc à la cour de Charles VII, et celui de l'apathie, de la couardise de cette cour énervée, restant toujours à l'arrière-garde de l'armée, n'osant jamais suivre au combat Dunois et Jeanne-d'Arc!

Dans la lettre que notre héroïne a écrite aux habitants de Riom, et que M. Berriat Saint-Prix a publiée depuis peu, j'aime à voir cette Clorinde commander, avec autant d'assurance qu'un général d'armée, qu'on lui expédie à l'instant , *armes, soldats et munitions de guerre!*

Et à l'exemple de Hume et de notre auteur, je ne crois pas plus aux miracles de Jeanne-d'Arc qu'à ses sortiléges : mais je crois aussi fermement qu'eux à son enthousiasme patriotique ; et quand j'ai lu cette partie de ses interrogatoires, rapportée par M. Berriat Saint-Prix dans une de ses notes, où expliquant quels moyens, quels artifices elle employait pour faire marcher les Français sous sa bannière, elle répond : *je leur disais : entrez hardiment au milieu des Anglais, et j'y entrais moi-même la première....* je l'avouerai, je me suis senti profondément ému de cette réponse sublime, *sublime* par sa courageuse simplicité, *sublime* surtout dans la bouche d'une faible femme! et j'ai plus que jamais pardonné ses notes à M. Berriat Saint-Prix!!!

Me voici parvenu, Messieurs, à la partie littéraire, académique, des œuvres de cet infatigable écrivain ; elle n'est ni la moins nombreuse, ni la moins intéressante.

Dans une notice sur le président de Valbonnais, classé avec raison par Voltaire parmi les historiens du xviie siècle, M. Berriat Saint-Prix a voulu laver d'un reproche d'inexactitude l'illustre auteur *du Siècle de Louis XIV*, et prouver, d'ailleurs, que le président de Valbonnais n'était pas un écrivain aussi inconnu à la république des lettres, que l'avait prétendu l'auteur de la *France littéraire!*

Dans celle *sur le tisserand Liotard*, notre compatriote, on rappelle que, sans savoir un mot d'orthographe, ce tisserand était devenu un botaniste distingué, connaissant son Linnée par cœur ; qu'il avait souvent herborisé avec Jean-Jacques, et qu'il formulait ainsi son admiration pour le philosophe de Genève : *celui-là était un homme qui respectait les plantes!*

Dans un rapport *sur les ouvrages de droit de M. Pellat*, qui est aussi notre compatriote, nous voyons qu'ils jouissent déjà en Allemagne d'une juste célébrité.

Les discours prononcés sur la tombe de MM. Degerando et Métral (qui sont presque dauphinois), ont apprécié, avec justesse et convenance, un idéologue, un savant, un administrateur distingué, et un zélé partisan de l'abolition de l'esclavage.

William Edwardt, habile naturaliste anglais, mort depuis peu d'années à Paris, a été aussi l'objet d'une notice intéressante de M. Berriat Saint-Prix.

Enfin, à sa vie de Cujas, à sa notice sur Domat et Cochin, dont je vous ai déjà entretenus, il convient de joindre sa vie de Julius Pacius, jurisconsulte italien du xviie siècle, qui a occupé à Valence la chaire de Cujas; et où il annote le fait curieux, que dans nos

universités du moyen âge, les professeurs au bout de
20 ans d'exercice, devenaient nobles, et même se
qualifiaient *comtes!* prétention bien orgueilleuse à
cette époque, mais qui doit moins nous étonner, aujourd'hui que nous avons tant de *comtes !*

Vient enfin l'éloge de notre compatriote Mounier,
que M. Berriat Saint-Prix a composé, d'après le vœu
exprimé par cette Académie.

Mounier, Messieurs, sorte d'Aristide français auquel il n'a manqué que les honneurs de l'ostracisme,
et que l'auteur a eu raison de qualifier de *justum ac
tenacem propositi virum* , est une de ces grandes figu-
res historiques, devant lesquelles on s'incline toujours
respectueusement : heureux celui qui, comme M.
Berriat Saint-Prix, a été chargé de la peindre ; plus
heureux celui qui serait parvenu à en reproduire la
noble et fidèle expression !

Je n'ose pas affirmer que cet éloge soit la perfection
du genre : il ne rappelle pas toujours l'élégance de
style de Fontenelle, la haute philosophie de d'Alembert, la chaleur entraînante de Thomas : mais il ré-
sume bien les écrits et la vie publique de Mounier ;
et il achève de prouver qu'en faisant placer son portrait dans cette enceinte, vous avez continué la galerie
des plus nobles illustrations du Dauphiné.

J'en ai fini, Messieurs, avec les notices et les éloges : mais je n'ai pas terminé à beaucoup près le
chapitre de la littérature ; car M. Berriat Saint-Prix a

touché à tout, s'est présenté dans tous les tournois, a ambitionné toutes les couronnes.

Dans *ses recherches sur Massillon*, il a très-bien prouvé que son éloge académique par d'Alembert ne renfermait aucune des assertions hasardées qu'un anonyme avait cru y remarquer.

Dans *ses observations sur la traduction des lois romaines*, il a parfaitement expliqué la différence extrême qui existe entre le style concis du Digeste, et le style lourd et entortillé du Code et des Novelles.

Son discours sur les vices de langage judiciaire en signale dix, dont il fait connaître les causes, et dont il demande avec raison que tribunaux, avocats, avoués, notaires et huissiers cherchent à se corriger!

Son coup d'œil sur les causes pour lesquelles on a renoncé au xvie *siècle à l'emploi de la langue latine dans les actes publics*, contient la curieuse nomenclature des mots barbares et *francisés*, qui avaient remplacé le latin de Virgile et de Cicéron, écoliers ignorants du moyen âge, auxquels il aurait fallu apprendre la signification de *debottare*, *trottare*, *cassare*, *etc.*, *etc.*

Messieurs, la littérature embrasse la comédie et le roman : donc, M. Berriat Saint-Prix a hasardé deux comédies et publié un roman en cinq volumes!

Le roman, délassement de la jeunesse de l'auteur, et intitulé *Amour et philosophie*, n'est pas un chef-d'œuvre : le style n'en est pas toujours classique ; le héros, malgré son grand savoir et sa haute philosophie, ne sait trop, quelquefois, ni ce qu'il veut ni ce

qu'il fait, et ses aventures n'ont rien de fort attachant;
mais à côté de ce caractère incertain, on en rencon-
tre de bien dessinés, et qui intéressent d'autant plus,
qu'on les dit tracés d'après nature. Il y a d'ailleurs de
la vérité et de la vie dans les descriptions des environs de Vif, petite ville près de Grenoble, où se pas-
sent les principales scènes du roman.

Les comédies, dont les titres sont, les *Médecins de
village* et l'*Académie de province*, n'ont été ni impri-
mées ni représentées, et vous comprenez pourquoi !
M. Berriat Saint-Prix, devenu professeur de droit, ne
pouvait guère avouer qu'il avait donné le jour à de
pareils libertins; et je ne puis vous en parler que
d'après les titres qui promettent, d'après l'extrait que
j'en ai lu et qui offre de l'intérêt, enfin d'après un
billet de la célèbre madame Contat qui semblait dis-
posée à y accepter un rôle, quand l'auteur hésitait
entre la scène française et la chaire de l'école de droit.

Et cependant, pour vous prouver, Messieurs, que le
professeur a pu faire des comédies, apprenez qu'il
savait son Art poétique par cœur, qu'il le cite souvent,
trop souvent peut-être, à côté d'une loi romaine ou
d'une chronique, et que les avant-dernières heures
du jurisconsulte ont été employées à entendre la lecture du *Muet* et de *Turcaret*, à faire des réflexions
judicieuses sur l'excellent jeu de Préville !

Voulez-vous d'ailleurs achever de vous convaincre
que M. Berriat Saint-Prix aimait les lettres, comme le
droit, comme le moyen âge? Parcourez un instant
avec moi *son discours sur les jouissances des gens de*

lettres, autre ouvrage de ses premières années, riche de faits comme tout ce qui sort de sa plume, et dans lequel on voit cet écrivain, ordinairement froid et méthodique, s'élever presque jusqu'à l'enthousiasme, reproduire enfin sous mille formes la pensée qui a inspiré la onzième épître de Boileau, et les derniers vers de la première ode d'Horace :

> Quòd si me lyricis vatibus inseres ,
> Sublimi feriam sidera vertice.

On sent que M. Berriat Saint-Prix a écrit là l'histoire de ses propres sensations, que toute sa vie il a dû avoir deux maîtresses, entre lesquelles il s'est partagé, et que les lauriers de nos écrivains, de nos poëtes même, l'ont poursuivi dans ses rêves, aussi souvent que la toge et les in-folio de Cujas.

« L'étude des lettres, dit-il, échauffe l'imagina-
» tion, aiguise l'esprit, éveille le génie. — Pour
» l'homme de lettres, ajoute-t-il, d'après d'Auben-
» ton, les distractions du monde ne sont que la *diète*
» de l'esprit. — On peut être homme de lettres et par-
» courir toutes les carrières. — Celui que son siècle
» a méconnu peut se rappeler ce que Boileau a dit,
» dans sa septième épître, des chefs-d'œuvre de Mo-
» lière, de Corneille et de Racine :

> On reconnut le prix de leur muse éclipsée;
> . . . .
> Au Cid persécuté, Cinna dut sa naissance.

En effet, Messieurs, quel plus noble délassement, même pour un grave jurisconsulte, que les lettres, la poésie! Il me souvient d'avoir vu l'un des oracles du barreau consultant de cette ville, choisir pour sa lecture favorite, les maîtres de la scène française; et l'homme en qui vit une étincelle de feu sacré ne doit pas plus reculer devant la destinée des Milton, des Gilbert, des Jean-Jacques, et des *cent-vingt* auteurs malheureux dont M. Berriat Saint-Prix nous donne la liste détaillée dans une des notes de ce discours, qu'un Français ne recule à l'attaque de la redoute où il a vu planter son drapeau!

Je vous ai parlé, il y a quelques instants, de Boileau, Messieurs: j'y reviens pour vous entretenir, en finissant, du plus grand travail littéraire de M. Berriat Saint-Prix, qui l'a occupé, dit-il, pendant trente ans.

Vous comprenez qu'il s'agit de son commentaire de Boileau, édition en quatre volumes de plus de 500 pages, où l'on trouve tant et tant de choses, qu'on s'étonne presque que les trente ans aient pu y suffire.

Songez, Messieurs, que M. Berriat Saint-Prix, pour mériter d'être appelé le plus consciencieux et le meilleur, sans contredit, des commentateurs ou des éditeurs de ce grand poëte, a commencé par lire les *cent trente-neuf* auteurs qui ont parlé de ses œuvres; qu'il a ensuite compulsé et comparé les *deux cent cinquante-neuf* éditions qui en ont été publiées depuis 1653 jusqu'à nos jours; et qu'enfin, à chacune des productions de l'auteur (satyre, épître, poëme, ode et épigramme), à chacun même de ses vers, il a rattaché par des notes aussi complètes, aussi détaillées que possible, tout ce qui peut servir à les expliquer, tout ce qu'en ont pu dire, d'un côté Cotin, Pradon, Desmarêts et consorts, de l'autre Laharpe, Clément, Auger, Lebrun, Daunou, Andrieux, et ses nombreux admirateurs!

Imaginez encore qu'à son essai sur Boileau, qui comprend quatre chapitres, la vie de l'auteur, et l'auteur considéré comme critique, comme écrivain, comme homme privé, M. Berriat Saint-Prix a ajouté quatre appendices composés chacun de vingt à trente pages de notes; et vous aurez l'idée de tout ce qu'il a fallu de temps et de patience pour compléter cet immense travail!

C'est à dessein que j'ai réuni sur la tête de M. Berriat Saint-Prix les deux qualités d'éditeur et de commentateur de Boileau : car le commentateur se montre rarement, trop rarement suivant moi. Mais je comprends, jusqu'à un certain point, que sa modestie ait reculé devant la pensée de commenter encore ce que tant d'habiles critiques avaient déjà commenté. Je comprends aussi qu'il ait trouvé plus piquant de se borner à être le rapporteur du procès, et à mettre en regard les jugements passionnés des auteurs que Boileau a rendus tristement célèbres, et qui ont écrit au bas de chacun de ses vers, *détestable!* les décisions plus désintéressées et plus justes des critiques de l'âge suivant qui ont répondu *admirable*, de précision, de finesse, de bon goût!

Ainsi, dans cet enfantement de trente ans, il y a

beaucoup plus de travail manuel que de travail intellectuel, beaucoup plus de compilation que de création proprement dite; mais je dois noter comme tout à fait personnels à l'éditeur :

1º L'essai sur Boileau, composition sage dans laquelle on n'a négligé aucun détail;

2º La critique de l'ouvrage de Brossette, un des premiers commentateurs de Boileau, dans lequel M. Berriat Saint-Prix, avec la sagacité et l'exactitude un peu minutieuse qui le distinguent, signale un assez grand nombre d'erreurs et d'omissions;

3º Des réflexions fort justes sur le peu d'harmonie et d'élégance de la prose de Boileau, soit dans sa correspondance, soit dans ses préfaces, soit dans sa traduction du Traité du sublime de Longin; reproche qui, vous le savez, a déjà été adressé avec raison à nos plus grands poëtes, Voltaire et de Lamartine exceptés.

Par exemple, je ne louerai pas M. Berriat Saint-Prix de ses longues et pénibles recherches sur toute la famille de Boileau, y compris ses cousins *jusqu'au cinquième degré!* recherches pour lesquelles il lui a fallu, dit-il, compulser *trois mille actes*, et dont le résultat a été de *noircir* vingt-six pages d'impression des noms, prénoms et qualités d'environ *cinq cents* parents obscurs du satyrique, qui a si bien dit quelque part :

Que la postérité d'Alphane et de Bayard,
Quand ce n'est qu'une rosse, est vendue au hasard!

Voilà qui ressemble à une critique, Messieurs; et ce n'est pas même la seule que l'on puisse placer à côté de beaucoup de justes éloges.

Pourquoi tant de pages consacrées encore à l'examen du point de savoir si Boileau est né à Paris ou à Crône, petit village des environs, et si né à Crône, il a été *baptisé* à Paris? Pourquoi surtout se livrer à cette occasion à une longue digression sur le lieu de naissance de Voltaire et de la Fontaine? L'auteur de l'art poétique avait eu raison de le prévoir :

> Quelquefois un auteur, trop plein de son objet,
> Jamais sans l'épuiser n'abandonne un sujet.

Mais je ne sais trop si on doit gronder, ou remercier M. Berriat Saint-Prix d'avoir rappelé au public cette faiblesse de l'auteur de la satire sur la noblesse, *Fils d'un père greffier, né d'aïeux avocats*, comme il nous l'apprend dans sa 10e épître, qui poursuivit, *de complicité*, de concert avec le procureur général, et qui fit rendre un arrêt *plus que suspect* qui le déclarait noble, qui faisait même remonter sa noblesse à 1371! Il est pénible, mais il peut être utile, pour compléter l'histoire de *la vanité humaine*, de voir un si grand écrivain répudier en quelque sorte la meilleure des noblesses, la noblesse personnelle!

Plus souvent, au reste, il faut louer M. Berriat Saint-Prix sans réserve, à l'occasion des détails, des anecdotes dont fourmille son œuvre; et j'éprouve le besoin de le prouver par quelques citations.

Grâces à toutes les variantes des éditions successives de Boileau qu'il fait connaître à ses lecteurs, notre savant confrère les a mis à même de constater deux choses fort importantes, pour quiconque s'essaye dans l'art d'écrire :

La première, que Boileau a pratiqué plus que personne ce précepte de l'Art poétique :

> Vingt fois sur le métier remettez votre ouvrage ;
> Ajoutez quelquefois et souvent effacez.

La seconde, qu'il ne nous a point trompés, lorsqu'il a dit dans son épître à Racine, que

> Pourvu d'utiles ennemis
> Il sait sur leurs avis corriger ses erreurs.

Les annotations de M. Berriat Saint-Prix indiquent, en effet, qu'un assez grand nombre des corrections de Boileau sont le fruit des critiques des Pradon, des Cotin, des Pelletier, de tous les auteurs enfin qu'il avait le plus maltraités dans ses satires.

Je termine par une anecdocte qui m'a frappé :

A la première publication de l'Art poétique, un des amis de Desmarest (le critique le plus acharné de Boileau), lui promit de travailler à la réfutation du poëme : il prit la plume, et commença par noter à côté de chaque vers, quelle impression il lui avait faite. Il était homme de conscience et de goût, à ce qu'il paraît, Messieurs ; arrivé à la fin du premier chant, il avait éprouvé ce que Voltaire éprouva quand il voulut commenter Racine ; il avait écrit à côté presque de chaque vers, *bon*, *excellent*, *admirable !* Les

notes furent jetées au feu, et le chef-d'œuvre fut respecté.

C'en est assez, je pense, Messieurs, pour vous faire
apprécier , malgré quelques taches, l'importance,
l'utilité de ce dernier travail de M. Berriat Saint-Prix;
il a pu se dire sans trop d'orgueil, *exegi monumentum!*

Et à qui ? A celui dont un grand peintre , La
Bruyère a fait ce juste et magnifique éloge :

« Il passe Juvenal, atteint Horace, semble créer la
» pensée d'autrui, et se rendre propre ce qu'il manie;
» il a, dans ce qu'il emprunte des autres, toutes les
» grâces de la nouveauté et tout le mérite de l'in-
» vention. Ses vers, forts et harmonieux, sont faits
» de génie, pleins de traits et de poésie. »

M. Berriat Saint-Prix est donc vraiment un des écrivains qui ont le mieux mérité une mention honorable
dans nos fastes scientifiques et littéraires. Droit, économie politique, antiquités, histoire, belles-lettres,
ont eu tour à tour son tribut de recherches, de compositions sérieuses et utiles. Bien loin de ressembler à
ceux que Fontenelle définit *des ignorants par bien-
séance*, il a appartenu à cette classe d'hommes deve-
nus rares, dont la raison a été nourrie par l'étude,
qui se sont dit : *labor improbus omnia vincit.*

Aussi M. Berriat Saint-Prix a été fidèle toute sa vie
à ce précepte de Servan, que la lampe du savant,
comme celle du magistrat, doit s'allumer avant celle
même de l'artisan. Et toute sa vie encore, il a placé
dès le matin, devant lui, une montre destinée à ré-

gler avec une précision mathématique l'emploi de sa journée, pour l'empêcher d'en perdre aucune partie.

Et son zèle ardent pour l'étude ne l'a jamais détourné de ses devoirs comme professeur. Il ne se faisait suppléer ni à son cours ni aux examens. Chargé, pendant les dernières années, de remplacer le doyen de la faculté de droit de Paris, il a encore présidé le 7 août 1845 à la distribution des prix, et y a même prononcé le discours d'usage. Enfin, sur son lit de mort, il s'est encore occupé des détails d'administration de son *décanat*.

Ajouterai-je un dernier trait à ce tableau d'une vie qui fut essentiellement une vie de professeur, de savant?

M. Berriat Saint-Prix a vu toute la révolution, et l'a aimée sans la flatter : il l'a saluée en 1790, au Champ de Mars ; il l'a servie dans les camps en 1792 et 1793 ; il a célébré ses merveilleuses gloires de 1800 à 1810 ; il a été une de ses victimes, un de ses exilés en 1816; en 1830, il n'a obtenu d'elle que la croix de la Légion d'honneur. Ses amis lui ont vainement demandé plus d'ambition : *Je ne me crois pas de taille à arriver à la Cour suprême*, a-t-il répondu!

Il a eu un culte et une fidélité politique remarquables; il n'a jamais cessé d'aimer, d'admirer, de célébrer le général Bonaparte, le premier consul, l'empereur, le captif de Sainte-Hélène. C'est toujours pour lui *le regard de l'aigle, le génie inventif de Cuvier, une présence d'esprit admirable, une activité sans exemple*, le grand homme enfin, tel que la chaire chrétienne l'a dernièrement proclamé, par un de ses organes les plus éloquents.

Messieurs, j'ai tout dit sur notre digne et très-regrettable confrère. Je vous l'ai montré au milieu de ses nombreux élèves, dans son cabinet, sur la scène politique. J'ai même dérobé au sanctuaire de la famille, ce tableau d'un littérateur mourant qui sourit à Préville et à Turcaret!

Jetons un voile respectueux sur les derniers instants de l'époux, du père et du sage; ils ne nous appartiennent pas. Disons seulement que parents et amis ont compris toute l'étendue de cette perte, qu'ils l'ont pleuré autant qu'il méritait de l'être.

Je crois rendre justice à M. Berriat Saint-Prix, en le comparant, comme homme et comme écrivain, au célèbre Saumaise, dont la savante et judicieuse critique est devenue proverbiale, et dont Ménage a dit qu'il était *le plus honnête et le plus sociable des hommes*.

Ainsi, par ses qualités privées comme par ses nombreux écrits, M. Berriat Saint-Prix a marqué son passage sur cette terre; et l'on doit y ajouter un éloge que bien peu d'écrivains ont mérité, en lui appliquant ce beau vers de Crébillon :

> Aucun fiel n'a jamais empoisonné ma plume.

GRENOBLE, IMPRIMERIE DE P. BARATIER.

GEORGES D'HEYLLI

LÉON GUILLARD

ARCHIVISTE

DE LA COMÉDIE FRANÇAISE

(1810-1878)

Portrait à l'eau-forte par Ad. Lalauze

PARIS

LIBRAIRIE GÉNÉRALE | LIBRAIRIE TRESSE
72, Boulevard Haussmann, 72 | Galerie du Théâtre-Français

M DCCC LXXVIII

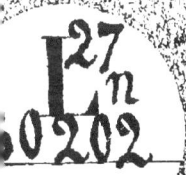

LÉON GUILLARD

GEORGES D'HEYLLI

LÉON GUILLARD

ARCHIVISTE

DE LA COMÉDIE FRANÇAISE

(1810-1878)

Portrait à l'eau-forte par Ad. Lalauze

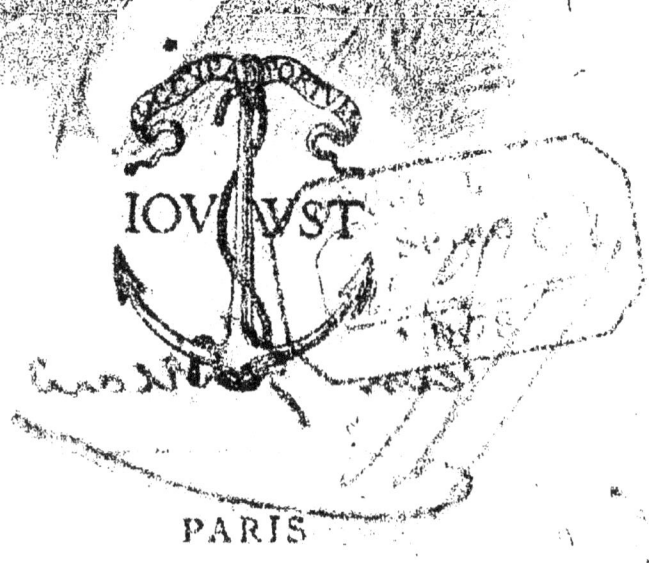

PARIS

LIBRAIRIE GÉNÉRALE | LIBRAIRIE TRESSE
72, Boulevard Haussmann, 72 | Galerie du Théâtre-Français

M DCCC LXXVIII

GEORGES D'HEYLLI

LÉON GUILLARD

ARCHIVISTE

DE LA COMÉDIE FRANÇAISE

(1810-1878)

Portrait à l'eau-forte par Ad. Lalauze

PARIS

LIBRAIRIE GÉNÉRALE | LIBRAIRIE TRESSE
72, Boulevard Haussmann, 72 | Galerie du Théâtre-Français

M DCCC LXXVIII

LÉON GUILLARD

ES lettres et les lettrés ont fait une perte bien sensible dans la personne de Léon Guillard. Cet homme aimable, simple et modeste, qui occupait depuis plus de vingt ans les triples fonctions d'archiviste-bibliothécaire, de lecteur et de conservateur du bâtiment, à la Comédie française, avait rendu aux auteurs dramatiques et aux écrivains qui s'occupent spécialement des choses du théâtre les plus signalés services : aux uns, comme lecteur et comme juge d'une incontestable expérience, il donnait de précieux conseils, et plus d'une pièce a dû aux corrections et modifications qu'il a su indiquer le succès qui l'a ensuite accueillie; aux autres, il avait ouvert ses archives avec une bonne grâce et une affabilité inappréciables, en même temps qu'il les aidait de ses avis et de son érudition si étendue et si sûre.

En parlant de ces riches archives de la Comédie française, il faut constater tout d'abord que c'est à Léon Guillard qu'elles ont dû leur résurrection et leur reconstitution. Avant lui, en effet, les trésors inestimables qu'elles contiennent gisaient éparpillés, sans ordre et sans recherches possibles, dans des armoires toujours fermées ou sur des rayons poussiéreux : c'est lui qui a tiré du chaos et rétabli dans un ordre régulier et définitif tous les autographes précieux, les manuscrits rares, les gravures, les affiches de représentations curieuses, les livres anciens et nouveaux, et surtout les éditions variées des maîtres illustres de la scène, qu'il cherchait à réunir aussi nombreuses que possible ; c'est lui, en un mot, qui a créé les archives actuelles de la Comédie française.

C'est là, dans le petit cabinet qui précède la longue galerie où se trouve la bibliothèque et où sont aussi classés les anciens registres des représentations, des recettes et des dépenses de la Comédie depuis son origine, que Léon Guillard recevait tous les jours, de deux à cinq heures, les visiteurs qui venaient le consulter. D'une humeur toujours égale et charmante, malgré sa santé depuis longtemps compromise, causeur inépuisable, admirablement renseigné sur tout ce qui concernait le théâtre en général, et principalement son cher théâtre, il était du plus précieux secours lorsqu'il s'agissait de fixer un point difficile ou de faire une recherche inconnue. Il passait ainsi l'après-midi tout entière dans ce petit cabinet hospitalier où, pendant dix années de suite, il nous reçut tant de fois, toujours aimable et souriant.

Après cinq heures, Léon Guillard descendait dans le salon d'attente de l'administrateur général, où de nouveaux visiteurs venaient encore le trouver. Là se rencontraient les auteurs en renom, les sociétaires et les amis particuliers de la maison. C'était dans cette sorte de petit cénacle journalier que l'on discutait, très-allègrement d'ailleurs, les événements nouveaux du dehors en même temps que les questions qui intéressaient spécialement la Comédie. Là encore Léon Guillard était de sage avis et de bon conseil, et, comme c'était aussi l'heure des audiences de l'administrateur général, souvent, grâce à lui, furent aplanies un peu plus loin, dans le cabinet directorial, bien des difficultés dont sa vieille expérience avait indiqué la solution.

Le soir, après son dîner de famille, Léon Guillard descendait généralement sur le théâtre. Il existe sur la scène, à la Comédie française, une petite loge dans laquelle les acteurs qui jouent pendant l'acte se retirent en attendant le moment de reparaître dans la pièce : c'est là que se rendait Léon Guillard, là qu'on était toujours sûr de le trouver, de huit à dix heures du soir, en conversation réglée avec les artistes qui étaient de la représentation. Tous le connaissaient, l'estimaient; je puis même dire, avec la certitude de n'être démenti par aucun, tous l'aimaient ! Il n'en est guère, en effet, parmi les comédiens de la génération entrée au Théâtre-Français de 1855 à 1878, dont Léon Guillard n'ait encouragé les débuts, dont il n'ait suivi avec bonheur les progrès, dont il n'ait facilité la carrière. Aussi avait-il reçu, en échange de ces bons offices d'un ordre si élevé, la reconnaissante et particulière affection de plusieurs d'entre eux, et — pour ne citer que ceux-là — il est mort dans les bras des frères Coquelin, qu'il aimait d'une façon toute paternelle et qui le lui rendaient si bien ! Il faut ajouter que, remplissant d'aussi délicates fonctions, vivant journellement au milieu de tant d'amours-propres en éveil, de tant de susceptibilités de tous les genres, de tant de caractères si différents et souvent si difficiles, il avait une qualité bien précieuse et bien rare : l'indulgence absolue ; il savait toujours trouver un mot aimable pour chacun, un éloge approprié aux qualités spéciales qu'il fallait reconnaître et encourager ; il avait surtout la critique discrète, mesurée, sans blessure pour personne, tout en restant sincère.

Léon Guillard avait quarante-cinq ans lorsque, en 1855, il entra comme archiviste à la Comédie française. Il était né à Clapiers, près Montpellier, le 11 avril 1810, et non en 1816, ainsi que l'ont imprimé les diverses biographies qui le concernent. Il faut dire à leur décharge que l'excellent archiviste du Théâtre-Français mettait une certaine coquetterie à ne point vieillir trop vite, et il est même fort probable que c'est sur ses propres indications que toutes ces biographies, qui en général se copient l'une l'autre, ont commis leur erreur. Il lui semblait encore qu'il reculerait peut-être ainsi pour lui l'heure de la retraite, et qu'il resterait d'autant plus longtemps à son cher théâtre qu'on le croirait plus jeune : excusable faiblesse dont le secret n'était connu que de quelques amis intimes, et que nous révélons cependant sans scrupule, puisque la lettre de faire part qui annonçait ses obsèques n'a pas cru devoir le garder.

Or, en 1855, Léon Guillard était un auteur dramatique depuis longtemps applaudi ; quelques-unes de ses pièces, *le Bal du prisonnier*, *les Frais de la guerre*, notamment *Clarisse Harlowe*, étaient populaires et avaient même eu un éclatant succès et de nombreuses représentations. Il avait d'ailleurs de qui tenir en ce genre : son grand-oncle, Nicolas-François Guillard, né en 1752, mort en 1814 avait été en son temps, un librettiste des plus distingués. Le Sueur, et surtout Sacchini, lui devaient les poëmes de leurs meilleurs opéras : c'est lui qui a écrit, entre autres, le livret si littéraire d'*Œdipe à Colone*, que l'Académie française a couronné.

Quant à Léon Guillard, on l'avait d'abord destiné à la carrière administrative, et il fut à ses débuts, de 1839 à 1842, chef du cabinet du préfet de l'Hérault. Il en profita pour fonder de petits journaux et pour écrire quelques vaudevilles dont la renommée ne devait pas dépasser la frontière du département. D'ailleurs, il abandonna bien vite l'administration pour se jeter tout à fait dans la littérature. Il vint à Paris et se fit une rapide notoriété comme auteur dramatique ; elle lui valut d'être appelé à remplacer au Théâtre-Français l'archiviste Laugier. Arsène Houssaye était alors directeur de notre première scène ; M. Empis lui succéda l'année suivante ;

puis vint M. Édouard Thierry, et enfin M. Émile
Perrin.

Cette longue carrière de vingt-trois ans, entièrement
consacrée à la Comédie française, a rempli la meilleure
partie de l'existence de Léon Guillard. Ce fut certainement, même en tenant compte des autres satisfactions
que ses succès au théâtre avaient déjà pu lui donner, le
temps le plus heureux de toute sa vie. Il dut d'ailleurs,
en acceptant les doubles fonctions d'archiviste et de
lecteur, renoncer désormais à la scène comme auteur
dramatique. L'ardeur et la passion qu'il apporta, dès le
début, aux travaux multiples qui lui incombaient, ne
lui eussent pas laissé le temps nécessaire pour s'occuper
personnellement de nouveaux ouvrages. Il se borna,
dès lors, à examiner les pièces des autres, puisqu'il n'a-
vait plus le loisir d'en composer lui-même, et cela avec
le soin éclairé et la bienveillance si pleine de tact qui
lui étaient naturels.

En effet, il était avant tout bienveillant et accueillait
ses justiciables — nouveaux venus ou amis — avec
une grâce exquise. Comme lecteur, il avait souvent à
se heurter à des amours-propres qu'il pouvait craindre
d'être obligé, malgré lui, de blesser. Quoi de plus
difficile, en effet, que de dire à un auteur persuadé de
la valeur de l'œuvre qu'il a présentée que sa pièce
n'est pas bonne et qu'elle ne sera pas jouée? Mais il y
mettait tant de ménagements, tant d'urbanité, et aussi
tant d'adresse, que bien souvent l'auteur évincé s'en
allait tout heureux d'avoir reçu un bon conseil et rem-

portait son manuscrit avec l'intention de l'en faire profiter. Le secours anonyme et désintéressé que beaucoup de ses confrères, même parmi les plus célèbres, reçurent bien souvent de lui, pour leurs œuvres soumises à son examen, est inappréciable; mais il était, sur ce point comme sur tant d'autres, d'une réserve extrême, et ce n'est point de lui que nous tenons la révélation des utiles conseils dont bénéficièrent, entre autres, quelques pièces devenues centenaires. L'ami, le confident de Léon Guillard, qui nous en a cité les titres, a également désiré que le secret de ces conseils, lesquels, à différentes reprises, ont été de véritables collaborations, fût respecté après la mort de l'excellent archiviste comme il l'avait lui-même respecté pendant sa vie.

Léon Guillard avait son habitation dans les annexes mêmes de la Comédie, en raison de son titre de conservateur « du monument », ainsi qu'il disait lui-même. Le mot banal et vulgaire de « bâtiment » lui semblait en effet indigne d'être appliqué à l'illustre maison qu'il aimait tant et qui est avant tout celle de Molière. Dans ces « hauteurs tranquilles » où il avait son modeste logis, son ménage était tenu par sa femme, personne de manières simples et douces, mais des plus distinguées comme esprit et la plus dévouée et la plus attentionnée des compagnes, soignant avec un zèle constant et infatigable la fragile santé de son mari, dont elle a certainement prolongé l'existence : si bien que lorsqu'elle n'a plus été là pour veiller sur lui, il en est mort! Il ne survécut en effet que cinq mois à la perte cruelle de cette femme d'élite, qui lui était si affectionnée et si indispensable. Sa mort l'avait irrémédiablement frappé, et il ne se releva pas de ce coup terrible; il traîna languissamment les dernières semaines de sa vie et comme n'ayant plus la force de résister, puisque celle qui l'avait si bien aidé et forcé à vivre n'était plus là !

Nous avons déjà dit quelle frêle et délicate santé il avait. Dans la semaine qui précéda celle où il mourut, il était allé assister au mariage de son compatriote et ami, le peintre Baudoin, avec Mlle Parfait. Il prit froid à l'église, et rentra avec une bronchite qui, vu son état délabré, était pour lui une grave maladie. Il souffrit ainsi sans se plaindre pendant quelques jours; mais le mal augmenta, le minant, le terrassant sourdement. Il ressentait, nous disait-il, « comme un affaissement général de tout son être ». Le samedi 13 avril, il se trouva plus faible encore et plus abattu; il descendit toutefois de ses archives à l'administration. Mais le pauvre homme n'était plus que l'ombre de lui-même. Il sortit une dernière fois, en proie à la fièvre, et il crut la calmer en absorbant au café voisin une boisson glacée. Le soir même il prenait le lit, et le lendemain, à minuit un quart, au moment où le dimanche venait de finir, il rendait le dernier soupir, sans secousse, sans agonie comme sans souffrance apparente, sans voir la mort venir, ayant au chevet de son lit les frères Coquelin, qui ont recueilli ses dernières paroles et qui lui ont fermé les yeux.

Au premier bruit des progrès inquiétants de sa maladie, dans cette dernière journée, accoururent successi-

vement auprès de Guillard M. Émile Perrin, M. Henri
de Bornier, M. Édouard Thierry, dont le discours, que
vous lirez plus loin, vous fera connaître en quelle sé-
rieuse amitié et en quelle haute estime l'ancien administrateur de la Comédie tenait son ancien archiviste.
Mais ce n'est que le lendemain que la douloureuse nou-
velle se répandit dans le théâtre; elle frappa comme
d'un coup de foudre tous ces excellents artistes, si dé-
voués à Léon Guillard, et qu'ils avaient vu l'avant-veille
encore au milieu d'eux, sans se douter, pour la plupart, que le mal dont il était atteint avait fait tant de
progrès. Aussi tous regardèrent-ils comme un devoir
de venir se presser derrière son cercueil à ses obsèques,
qui furent célébrées, le mardi 16 avril, à Saint-Roch.
Une affluence considérable d'amis, de gens de lettres,
d'auteurs dramatiques, remplissait également l'église.

Après la cérémonie, le triste cortége prit le chemin
du cimetière Montmartre, les cordons du char funèbre
étant tenus par l'administrateur de la Comédie française, M. Émile Perrin ; par l'auteur de *la Fille de Ro-
land*, M. Henri de Bornier, ami particulier du défunt, et
par deux des plus éminents sociétaires de la Comédie,
son doyen, M. Got, et M. Coquelin, aîné.

Au cimetière, le convoi s'arrêta devant le caveau ouvert le matin même et qui contenait déjà le cercueil
si récemment fermé sur les restes de Mme Guillard.
Ce fut le moment des suprêmes adieux : M. Émile
Perrin, qui avait toujours apprécié à sa juste valeur
l'homme distingué et de si bon conseil que la Comédie

française venait de perdre [1], prit le premier la parole
en son nom ; puis M. Paul Ferrier, compatriote et ami
de Léon Guillard, qui avait facilité ses premiers débuts
sur la grande scène de la rue de Richelieu, parla à son
tour, au nom de la Société des auteurs et des compositeurs dramatiques ; enfin M. Édouard Thierry vint,
surtout comme ami, prononcer les dernières paroles.

Et ce fut bientôt qu'on s'aperçut à la Comédie française du grand vide que venait d'y faire la mort de
Léon Guillard, puisqu'il ne fallut pas nommer moins
de trois titulaires à ses divers emplois pour le remplacer !...

Mai 1878.

GEORGES D'HEYLLI.

---

1. « J'ai cherché, a bien voulu nous écrire M. Émile Perrin en nous
envoyant son discours, à rendre un juste hommage à un homme d'un
rare mérite et d'une plus rare modestie. C'est une véritable perte pour
la Comédie française... » (20 avril 1878.)

OEUVRES THÉATRALES

DE LÉON GUILLARD

OEUVRES THÉATRALES

DE LÉON GUILLARD [1]

1837.—*Femme et maîtresse*, comédie en un acte (Vaudeville, 8 juin).—Principaux interprètes : MM. Le-
peintre jeune, Bardou ; Mmes Guillemin, Tai-
gny.

1843.—*Delphine, ou la Faute du mari*, comédie en deux
actes (Odéon, 9 février). — Principal interprète :
M. Eugène Pierron.

—   *Les Moyens dangereux*, comédie en cinq actes, en
vers (Odéon, 9 novembre). — Principaux interprètes: MM. Rey, Mauzin, Barré ; Mme Grassau.

1844.—*Les Paniers de Mademoiselle*, comédie en un acte
(Odéon, 15 novembre). — Principaux interprètes :
M. Louis Monrose ; Mmes Grassau, Volet.

---

[1] Cette liste ne comprend que les pièces de Léon Guillard représentées à Paris. Je citerai cependant pour mémoire celles qu'il avait fait jouer
antérieurement à Montpellier, c'est-à-dire deux opéras : *les Jacobites*
(avec Aimès) et *Une conspiration moscovite*, et un vaudeville, *l'Oncle
et le Neveu*. Les petits journaux qu'il fonda, à la même époque, à Montpellier, s'appelaient l'un *le Babillard*, et l'autre *l'Hérault*.

1846.—*Clarisse Harlowe*, drame-vaudeville en trois actes, en société avec MM. Dumanoir et Clairville (Gymnase, 5 août'. — Principaux interprètes : MM. Bressant, Tisserant, Montdidier, Geoffroy ; Mmes Rose Chéri, Lambquin, Anna Chéri.

1847.— *Le Dernier Amour*, comédie en trois actes, mêlée de chants (Vaudeville, 19 juin). —Principaux interprètes : M. Leclère ; Mmes Guillemin, Nathalie, Figeac.

1848.—*Le Marchand de jouets d'enfants*, comédie en un acte, en société avec Mélesville (Gymnase, 10 avril). — Principaux interprètes : MM. Numa, Landrol ; Mmes Rose et Anna Chéri.

— *Les Frais de la guerre*, comédie en trois actes (Théâtre-Français, 20 juin). —Principaux interprètes : MM. Regnier, Leroux ; Mmes Allan, Anaïs, Rebecca.

1849.—*Le Bal du prisonnier*, vaudeville en un acte, en société avec Adrien Decourcelle (Gymnase, 27 octobre). — Principaux interprètes : MM. Bressant, Tisserant ; Mlle Melcy.

1850.— *Un Vieil Innocent*, comédie-vaudeville en un acte, (Vaudeville, 4 juin). — Principaux interprètes : MM. Delannoy, Lagrange ; Mlle Cico.

— *Un Mariage sous la Régence*, comédie en trois actes, avec divertissement (Comédie française, 21 septembre'.—Principaux interprètes : MM. Brindeau, Leroux ; Mmes Judith, Thénard, Fix, Moreau-Sainti, Favart, Luther.

1852.—*L'Exil de Machiavel*, drame en trois actes, en vers (Odéon, 16 avril). — Principaux interprètes : MM. Bouchet, Martel, Talbot ; Mlle Siona Lévy.

— *Les Gaietés champêtres*, vaudeville en deux actes, en

société avec Desnoyers et Durantin (Vaudeville, 3 juillet). — Principaux interprètes : M. René Luguet ; Mmes Saint-Marc, C. Bader.

1854.— *Le Double Veuvage*, comédie en trois actes, en prose, de Dufresny, réduite en un acte par Léon Guillard, qui a gardé l'anonyme (Comédie française, 17 mai). La pièce n'a pas été imprimée. — Principaux interprètes: MM. Delaunay, Anselme (Bert); Mmes Fix, Thénard, Bonval.

1856.— *Le Mariage à l'arquebuse*, comédie en un acte (Gymnase, 6 août). — Principaux interprètes : MM. Berton, Geoffroy, Lesueur, Garraud ; Mlle Victoria.

— *La Statuette d'un grand homme*, comédie en un acte, en société avec Achille Bézier (Comédie française, 8 août). — Principaux interprètes : MM. Leroux, Monrose, Mlle Fix.

— *Le Médecin de l'âme*, drame en cinq actes, en société avec Maurice Desvignes (Odéon, 5 septembre). — Principaux interprètes : MM. Tisserant, Rey, Thiron, Desrieux ; Mmes Toscan, Armand, Thaïs.

C'est à tort que le catalogue Otto Lorenz attribue une part de collaboration à Léon Guillard dans le vaudeville *Colombe et Perdreau* (Variétés, 15 août 1846), qui est de Dumanoir et Clairville.

Guillard a donné au journal *l'Univers illustré* quelques articles relatifs au Théâtre-Français, et notamment une étude sur *le Décanat à la Comédie française*, au moment où M. Got prit possession du titre de doyen après le départ de M. Regnier, et un travail sur *les Représenta-tions de retraite des sociétaires*. Il étendit par la suite ce dernier travail, avec l'intention de le publier en volume chez Michel Lévy. Nous en avons souvent vu entre ses mains le manuscrit, qui d'ailleurs doit être inachevé.

Léon Guillard avait été nommé chevalier de la Légion d'honneur le 13 août 1861.

DISCOURS

PRONONCÉS

AUX OBSÈQUES DE LÉON GUILLARD

DISCOURS

PRONONCÉS

AUX OBSÈQUES DE LÉON GUILLARD

DISCOURS

DE M. ÉMILE PERRIN

Administrateur général de la Comédie française

MESSIEURS,

La Comédie française conduit à sa dernière demeure un homme qui l'a profondément aimée, qui l'a bien servie pendant de longues années et à plus d'un titre. Devant cette tombe si inopinément ouverte, la Comédie française témoigne ses regrets unanimes, sa sincère affection, et je ne suis que votre fidèle interprète en rendant un juste hommage à la mémoire de Léon Guillard.

Si quelqu'un a mérité l'honneur d'être ainsi entouré de vous tous à l'heure du suprême adieu, c'est bien lui, car il a vécu au milieu de vous, ou, pour mieux dire, depuis longtemps il ne vivait que pour vous. Cette grande maison, dont la garde matérielle lui avait été confiée, était devenue sa maison, son propre foyer, le foyer de son cœur; il s'enorgueillissait de sa gloire, il était jaloux comme pas un de sa prospérité : c'étaient là les deux grands soucis de sa vie, et cette passion l'avait saisi du jour où il entra parmi vous. A dater de ce moment, l'auteur souvent applaudi d'œuvres très-distinguées renonça à solliciter pour son propre compte les applaudissements et le succès. Il mit au service des autres un savoir accompli dans toutes les choses du théâtre, son expérience consommée de la scène, la finesse de son goût, la sûreté de son jugement. Une pente naturelle vers un idéal élevé, la profonde connaissance des chefs-d'œuvre de notre répertoire, une mémoire incomparable, faisaient de M. Guillard un homme merveilleusement propre aux fonctions délicates qu'il a remplies pendant tant d'années. Son autorité incontestée, sa parfaite courtoisie, le servaient dans des relations qui exigent à la fois de la souplesse et de la fermeté. Il était heureux de signaler à l'avance les œuvres remarquables, mais il savait résister aux obsessions inutiles; il mesurait son approbation aux intérêts et à la dignité de la maison; il se montrait volontiers prodigue de sa peine pour ménager le temps d'autrui.

Je n'ai pas besoin de vous rappeler, Messieurs, les services signalés que M. Guillard a rendus aux archives de la

Comédie française : ce sera presque sa gloire d'avoir mis dans ce riche dépôt l'ordre qui n'avait point existé avant lui. Que de trésors inestimables auraient été conservés si ses prédécesseurs eussent montré le même zèle ! C'était son ambition de combler ces lacunes, de réparer les pertes qu'il déplorait. Il a pu le faire en partie, grâce aux recherches qu'il a effectuées lui-même ou qu'il a dirigées. Que de services ses archives, si habilement reconstituées, n'ont-elles pas déjà rendus aux érudits qui, venant les consulter, étaient assurés de trouver toujours dans l'archiviste un collaborateur assidu et précieux ! que de droits le nom de Guillard ne s'est-il pas acquis à la reconnaissance de tous ceux qui professent le culte des lettres et du théâtre !

Tout à l'heure, Messieurs, vous allez entendre la voix d'un ami qui vous dira mieux que moi quel était l'homme que nous perdons, parce qu'il a plus vécu dans son intimité et qu'il l'a connu plus longtemps. Mais qui de nous ne l'a pas aimé ? qui de nous ne l'a trouvé plein de déférence et de respect envers les droits acquis, les services éclatants, les renommées consacrées ? Quel est le jeune artiste qui, au commencement de sa carrière, ne s'est vu encouragé et soutenu par lui, qui ne l'a pas senti attentif à ses progrès ? car il aimait à deviner le talent, et il s'inquiétait surtout de ce qui lui semblait préparer l'avenir de sa chère maison ? Il suivait avec assiduité votre travail quotidien. Nul n'a partagé d'un cœur plus chaud la joie de vos succès, nul n'a été plus heureux de la fortune grandissante de votre compagnie. Qui de nous pourra maintenant regarder sans serrement de cœur cette modeste place où nous avions l'habitude de le voir, où l'on peut dire que s'est passée une si grande partie de sa vie ?

Guillard avait été, il y a quelques mois à peine, frappé du coup le plus cruel. Nous avions espéré le voir se relever de cette atteinte. Vain espoir ! la blessure ne devait pas se cicatriser, et le mal qu'il s'efforçait de dissimuler n'en était que plus profond et plus mortel. L'isolement avait, pour ainsi dire, tari en lui les sources de la vie. Il en avait le pressentiment, et la mort qui nous a paru si soudaine n'a point été imprévue pour lui : il la sentait venir, mais elle s'est emparée doucement de lui ; elle lui a épargné les angoisses du dernier combat. Triste consolation pour ses amis, il s'est éteint sans avoir le temps de regretter la vie... Les regrets et la douleur sont pour ceux qui restent, mon cher Guillard !...

DISCOURS

DE M. PAUL FERRIER

Au nom de la Commission des auteurs et compositeurs dramatiques

Messieurs,

En prenant la parole au nom de la Commission des auteurs et compositeurs dramatiques, je ne puis m'empêcher de regretter qu'un autre plus autorisé que moi n'ait pas reçu mission de dire le suprême adieu de nos confrères au confrère que nous perdons.

Le discours que vous venez d'entendre a cependant singulièrement facilité ma tâche. L'éloge de Léon Guillard est prononcé, l'hommage est rendu, et ce qui me reste à dire n'est plus chose d'éloquence, c'est affaire de cœur. Là, Messieurs, je crains moins d'être un faible interprète ; je dois trop à l'ami qui va dormir son dernier sommeil pour que mes regrets ne soient pas à la hauteur de vos regrets. Devant l'affliction, l'égalité reparaît comme devant la mort. Il m'est doux, d'ailleurs, de payer particulièrement mon tribut à la mémoire de l'homme de bien qui fut mon compatriote, mon ami, mon conseiller et mon parrain devant vous. Il est juste aussi que la voix de la jeunesse se fasse entendre au nom de cette jeunesse à laquelle il a été si sympathique, si constamment utile et bienveillant.

Les fonctions qu'il remplissait à la Comédie française avec une sûreté de jugement, un tact et une érudition appréciés de tous, le mettaient en rapports journaliers avec un grand nombre d'entre nous ; et combien sommes-nous ici qui lui avons dû, au commencement de notre carrière, aide et protection !

Contraint par sa santé, souvent compromise, à se retirer trop tôt du théâtre militant, il semblait avoir voué ses rares facultés au service des autres, fier comme un inventeur qui a trouvé, quand il découvrait au bas d'un manuscrit soumis à son examen un nom encore inconnu qu'il pût tirer de l'ombre. Il était de ces caractères d'élite qui aiment à travailler à la gloire du prochain.

Et cependant la voie s'était ouverte large devant lui au milieu des maîtres : dès ses débuts, il s'était conquis un rang distingué. *Les Moyens dangereux* et *l'Exil de Machiavel* l'avaient mis en pleine lumière ; *les Frais de la guerre, Un Mariage sous la Régence, le Dernier Amour, Clarisse Harlowe, le Bal du Prisonnier,* et tant d'autres œuvres qui sont dans le souvenir de tous, marquent sa route heureuse.

Le jour où la plume tomba de sa main paralysée, sans envie, sans amertume, sans tristesse, il sut se résigner à quitter la lutte, et, ne pouvant rester indifférent aux œuvres du théâtre, il fit mieux que d'abandonner l'arène : il l'ouvrit lui-même à ses héritiers.

Disons donc le triste adieu, Messieurs, à cet auteur dramatique qui fut un noble cœur, une haute intelligence et un grand exemple de la confraternité professionnelle. Aimons-le comme il nous a aimés, et gardons à sa mémoire le respect, l'estime, l'affection que nul plus que lui n'a mérités de nous.

DISCOURS

DE M. ÉDOUARD THIERRY

Ancien administrateur de la Comédie française

DE M. ÉDOUARD THIERRY

Ancien administrateur de la Comédie française

Messieurs,

Après les graves et touchants discours que vous venez d'entendre, juste jugement de louange prononcé deux fois sur ce cercueil dignement honoré, que reste-t-il à dire ? Rien, je le sens, et je n'aurais garde de prendre la parole si celui dont nous avons conduit ici le deuil ne m'avait fait lui-même un devoir de m'arrêter devant sa tombe et de rendre publiquement témoignage à notre grande amitié.

C'était son désir, désir sacré maintenant. Je n'ai pas à m'excuser de le remplir, et peut-être, si je me taisais, me demanderait-on pourquoi j'ai gardé le silence.

Léon Guillard était mon ami, plus que mon ami : il avait été un autre moi-même ; il avait été mon coopérateur dans l'administration du Théâtre-Français, et, pour faire comprendre d'un mot l'importance des services que j'en ai reçus : il aurait pu administrer le théâtre sans moi, je n'aurais pas voulu l'administrer sans lui.

Il était mon second, un de ces seconds aussi rares que les hommes de première ligne, qui prennent leur place par choix et sans regret, la trouvant bonne parce qu'ils l'élèvent, plus jaloux d'être supérieurs en second rang que de ne pas le paraître en premier.

Il mettait son orgueil hors de lui-même, et son ambition à être utile sans se montrer.

Il avait le don du dévouement et du respect : dévouement absolu aux intérêts de la Comédie française, respect pour celui qui avait l'honneur de la représenter.

Il a été, à des degrés divers, dans la confiance de trois administrateurs ; il leur a été attaché comme il l'était au Théâtre-Français lui-même ; il les a bien servis et bien aimés tour à tour, sans cesser d'être fidèle à leurs prédécesseurs, toujours prêt à réclamer pour les absents la justice qu'on ne rend pas toujours aux hommes de la veille.

Avec celui qui parle et qui ne lui sera jamais assez reconnaissant, il avait toute la confiance de l'administration, et n'en a jamais usé que pour faire ce qui était bien.

Il prévoyait tout, préparait tout, pourvoyait à tout avec la discrétion la plus délicate. La prudence était son nom même : il savait prendre le moment pour avertir sans froisser, il conseillait de manière à ne pas porter ombrage.

Tout jeune, il avait été chef du cabinet du préfet de l'Hérault, et il avait appris de bonne heure à toucher doucement les susceptibilités aiguës. Il avait été auteur dramatique, et des meilleurs, — témoin le succès de *Clarisse Harlowe*, — et regardait tous les auteurs, ceux même qui ne faisaient qu'aspirer à l'être, comme des confrères ; il se souvenait d'avoir commencé de même, et les prévenait d'une affectueuse sympathie. Avec quelle bonne grâce n'a-t-il pas exercé ses ingrates fonctions d'examinateur ! avec quel calme, avec quel sang-froid, avec quelle patiente indulgence, et toujours sans faiblesse ! Car Léon Guillard était un vaillant, en dépit de sa fragile santé. S'il pouvait sembler craintif quand elle était en question, il ne l'était pas dès qu'il sentait son cher théâtre attaqué de quelque façon que ce fût. Il défendait intrépidement la vérité, le droit, jusqu'à ce qu'il eût inspiré aux autres le courage de les faire triompher. On ne sait pas tout ce qu'il a usé de force morale en ces luttes continuelles.

Mais il avait alors où retremper sa fermeté tenace. Une femme digne de lui, comme lui loyale et généreuse, l'attendait dans ce gracieux intérieur qu'elle s'était disposé avec tant de goût ; elle l'entourait de mille soins ; elle le soutenait de son esprit et de sa gaieté, aussi longtemps que son esprit put être gai lui-même. Elle lui faisait une santé de la sienne, aussi longtemps que la sienne ne fut pas perdue ; et c'était l'honneur du Théâtre-Français d'abriter dans ses hauteurs tranquilles ce ménage admirable, cette union accomplie, ce bonheur composé de ce qu'ont de plus doux l'ancien amour fondu en inexprimable tendresse, l'estime croissante, l'habitude toujours plus chère, le besoin toujours plus fort de n'être qu'un en étant deux !

Il y avait là deux natures exquises, deux cœurs d'élite autour desquels se réunissaient de précieuses amitiés. Mme Léon Guillard appartenait à la famille de Monvel et à celle de Nourrit. L'âme de ces grands artistes était en elle :

elle avait l'amour des arts, elle était accueillante aux jeunes talents, et d'un groupe choisi qu'elle chérissait en mère elle s'était fait une seconde famille. Tout cela était bien bon ; mais rien de si bon ne saurait avoir de durée. La mort passe qui change tout. Elle prit Mme Guillard la première ; mais, qui que ce fût des deux qu'elle eût pris le premier, c'était pour les avoir bientôt l'un et l'autre. Léon Guillard essaya pourtant de survivre. La Comédie française lui restait ; il crut l'aimer assez pour avoir le courage de la servir encore. Il se proposait, sans se faire illusion toutefois, de rentrer, à un moment donné, dans le mouvement de la vie. Il se fixait un jour, un de ces heureux anniversaires d'autrefois, et ce jour-là, le 25 août, il voulait le commencer en apportant des fleurs à cette même tombe. Le terme était trop loin : il n'a pas pu attendre jusque-là. Vous voyez qu'il est venu quatre mois plus tôt avec de sombres fleurs, hélas ! et de tristes couronnes !

Adieu, mon bon Léon Guillard !

Amitié sûre, dévouement sans défaillance, générosité, désintéressement qui ne se sont jamais démentis, adieu !

Tous ceux qui servent le Théâtre-Français se font honneur de bien l'aimer ; mais personne ne l'aura aimé plus que vous... Non ! plus que toi ! — puisqu'il convient de parler aux morts ainsi qu'on parle à Dieu. Et dans ce douloureux entretien, j'éprouve encore une douceur à te dire *toi*, comme à mon frère.

Repose en paix, âme de conciliation et de bonté ! Pendant douze ans, tu m'as fait des amis avec les tiens, et tu n'as eu d'ennemis que ceux que je t'ai faits.

Repose en paix! Je ne veux pas te plaindre : tu avais bien rempli ta tâche. La vie, comme il arrive à ceux de notre âge, n'avait plus rien que d'amer à te donner ou à te promettre. L'infirme vieillesse t'a été épargnée. La mort est venue à toi comme une surprise du sommeil. Ta fin a été douce et bénie, et tu as atteint la suprême consommation du mariage : deux corps dans la même tombe, deux âmes dans le sein de Dieu!......

A PARIS

DES PRESSES DE D. JOUAUST

Imprimeur breveté

RUE SAINT-HONORÉ, 338

www.ingramcontent.com/pod-product-compliance
Lightning Source LLC
Chambersburg PA
CBHW060859180626
46818CB00004B/1773